# Os dois ou O inglês maquinista

MARTINS PENA

COMÉDIA EM UM ATO

© Companhia Editora Nacional, 2012
© IBEP, 2012

| | |
|---|---|
| **Direção editorial** | Antonio Nicolau Youssef |
| **Gerência editorial** | Célia de Assis |
| **Edição** | Edgar Costa Silva |
| **Assistência editorial** | Caline Canata Devèze |
| **Coordenação de arte** | Narjara Lara |
| **Assistência de arte** | Marilia Vilela |
| | Viviane Aragão |
| **Revisão** | Renata de Freitas Martins |
| **Produção editorial** | José Antonio Ferraz |

---

**CIP-BRASIL. CATALOGAÇÃO-NA-FONTE**
(Câmara Brasileira do Livro, SP, Brasil)

P454d
    Pena, Martins, 1815-1848
        Os dois, ou, o inglês maquinista : comédia em um ato / Martins Pena. - São Paulo : IBEP, 2012.
        56p. : 22 cm

    ISBN 978-85-342-3094-0

    1. Teatro brasileiro (Literatura). I. Título. II. Título: O inglês maquinista.

12-1725.                                                       CDD: 869.92
                                                                 CDU: 821.134.3(81)-2
20.03.12   28.03.12                                                  034042

---

1ª edição – São Paulo – 2012
Todos os direitos reservados

COM A NOVA ORTOGRAFIA DA LÍNGUA PORTUGUESA

Av. Alexandre Mackenzie, 619 – Jaguaré
São Paulo – SP – 05322-000 – Brasil – Tel.: (11) 2799-7799
www.editoranacional.com.br    editoras@editoranacional.com.br

*Os dois
ou
O inglês maquinista*

# Sumário

Personagens ..................................................... 7
Cena 1 ............................................................... 9
Cena 2 ............................................................. 12
Cena 3 ............................................................. 13
Cena 4 ............................................................. 14
Cena 5 ............................................................. 14
Cena 6 ............................................................. 15
Cena 7 ............................................................. 22
Cena 8 ............................................................. 24
Cena 9 ............................................................. 24
Cena 10 ........................................................... 27
Cena 11 ........................................................... 27
Cena 12 ........................................................... 33
Cena 13 ........................................................... 33
Cena 14 ........................................................... 35

Cena 15 .................................................. 36

Cena 16 .................................................. 37

Cena 17 .................................................. 39

Cena 18 .................................................. 39

Cena 19 .................................................. 40

Cena 20 .................................................. 41

Cena 21 .................................................. 43

Cena 22 .................................................. 44

Cena 23 .................................................. 45

Cena 24 .................................................. 45

Cena 25 .................................................. 46

Cena 26 .................................................. 48

Cena 27 .................................................. 48

Cena 28 .................................................. 50

Cena 29 .................................................. 51

Sobre o autor ......................................... 53

Peças de Martins Pena ........................... 55

# PERSONAGENS

Clemência
Mariquinha, sua filha
Júlia, irmã de Mariquinha (10 anos)
Felício, sobrinho de Clemência
Gainer, inglês
Negreiro, negociante de negros novos
Eufrásia
Cecília, sua filha
Juca, irmão de Cecília
João do Amaral, marido de Eufrásia
Alberto, marido de Clemência
Moços e moças

A cena passa-se no Rio de Janeiro, no ano de 1842.

## TRAJES PARA AS PERSONAGENS

Clemência – Vestido de chita rosa, lenço de seda preto, sapatos pretos e penteado de tranças.

Mariquinha – Vestido branco de escócia, de mangas justas, sapatos pretos, penteado de bandó e uma rosa natural no cabelo.

Júlia – Vestido branco de mangas compridas e afogado, avental verde e os cabelos caídos em cachos pelas costas.

Negreiro – Calças brancas sem presilhas, um pouco curtas, colete preto, casaca azul com botões amarelos lisos, chapéu de castor branco, guarda-sol encarnado, cabelos arrepiados e suíças pelas faces até junto dos olhos.

Felício – Calças de casimira cor de flor de alecrim, colete branco, sobrecasaca, botins envernizados, chapéu preto, luvas brancas, gravata de seda de cor, alfinete de peito, cabelos compridos e suíças inteiras.

Gainer – Calças de casimira de cor, casaca, colete, gravata preta, chapéu branco de copa baixa e abas largas, luvas brancas, cabelos louros e suíças até o meio das faces.

# ATO ÚNICO

O teatro representa uma sala. No fundo, porta de entrada; à esquerda, duas janelas de sacadas, e à direita, duas portas que dão para o interior. Todas as portas e janelas terão cortinas de cassa branca. À direita, entre as duas portas, um sofá, cadeiras, uma mesa redonda com um candeeiro francês aceso, duas jarras com flores naturais, alguns bonecos de porcelana; à esquerda, entre as janelas, mesas pequenas com castiçais de mangas de vidro e jarras com flores. Cadeiras pelos vazios das paredes. Todos estes móveis devem ser ricos.

## Cena 1

Clemência, Negreiro, Mariquinha, Felício. Ao levantar o pano, ver-se-á Clemência e Mariquinha sentadas no sofá; em uma cadeira junto destas Negreiro, e recostado sobre a mesa Felício, que lê o *Jornal do Comércio* e levanta às vezes os olhos, como observando a Negreiro.

CLEMÊNCIA – Muito custa viver-se no Rio de Janeiro! É tudo tão caro!

NEGREIRO – Mas o que quer a senhora em suma? Os direitos são tão sobrecarregados! Veja só os gêneros de primeira necessidade. Quanto pagam? O vinho, por exemplo, cinquenta por cento!

CLEMÊNCIA – Boto as mãos na cabeça todas as vezes que recebo as contas do armazém e da loja de fazendas.

NEGREIRO – Porém as mais puxadinhas são as das modistas, não é assim?

CLEMÊNCIA – Nisto não se fala! Na última que recebi vieram dois vestidos que já tinha pago, um que não tinha mandado fazer, e uma quantidade tal de linhas, colchetes, cadarços e retroses, que fazia horror.

Felício, *largando o jornal sobre a mesa com impaciência* – Irra, já aborrece!

Clemência – O que é?

Felício – Todas as vezes que pego neste jornal, a primeira coisa que vejo é: "Chapas medicinais e Unguento Durand". Que embirração!

Negreiro, *rindo-se* – Oh, oh, oh!

Clemência – Tens razão, eu mesmo já fiz este reparo.

Negreiro – As pílulas vegetais não ficam atrás, oh, oh, oh!

Clemência – Por mim, se não fossem os folhetins, não lia o *Jornal*. O último era bem bonito; o senhor não leu?

Negreiro – Eu? Nada. Não gasto o meu tempo com essas ninharias, que são só boas para as moças.

Voz na rua – Manuê quentinho! *(Entra Júlia pela direita, correndo.)*

Clemência – Aonde vai, aonde vai?

Júlia, *parando no meio da sala* – Vou chamar o preto dos manuês.

Clemência – E pra isso precisa correr? Vá, mas não caia. *(Júlia vai para janela e chama para rua dando psius.)*

Negreiro – A pecurrucha gosta dos doces.

Júlia, *da janela* – Sim, aí mesmo. *(Sai da janela e vai para a porta, aonde momentos depois chega um preto com um tabuleiro com manuês, e descansando-o no chão, vende-os a Júlia. Os demais continuam a conversar.)*

Felício – Sr. Negreiro, a quem pertence o brigue *Veloz Espadarte*, aprisionado ontem junto quase da Fortaleza de Santa Cruz pelo cruzeiro inglês, por ter a seu bordo trezentos africanos?

Negreiro – A um pobre diabo que está quase maluco... Mas é bem feito, para não ser tolo. Quem é que neste tempo manda entrar pela barra um navio com semelhante carregação? Só um pedaço de asno. Há por aí além uma costa tão longa e algumas autoridades tão condescendentes!...

Felício – Condescendentes porque se esquecem de seu dever!

Negreiro – Dever? Perdoe que lhe diga: ainda está muito moço... Ora, suponha que chega um navio carregado de africanos e deriva em uma dessas praias, e que o capitão vai dar disso parte ao juiz do lugar. O que há de este fazer, se for homem cordato e de juízo? Responder do modo seguinte: Sim senhor, sr. capitão, pode contar com a minha proteção, contanto que V. S.ª... Não sei se me entende? Suponha agora que este juiz é um homem esturrado, destes que não sabem aonde têm a cara e que vivem no mundo por ver os outros viverem, e que, ouvindo o capitão, responda-lhe com quatro pedras na mão: Não senhor, não consinto! Isto é uma infame infração da lei e o senhor insulta-me fazendo semelhante proposta! – E que depois deste aranzel de asneiras pega na pena e oficie ao Governo. O que lhe acontece? Responda.

Felício – Acontece o ficar na conta de íntegro juiz e homem de bem.

Negreiro – Engana-se; fica na conta de pobre, que é menos que pouca coisa. E no entanto vão os negrinhos para um depósito, a fim de serem ao depois distribuídos por aqueles de quem mais se depende, ou que têm maiores empenhos. Calemo-nos, porém, que isto vai longe.

Felício – Tem razão! *(Passeia pela sala.)*

Negreiro, *para Clemência* – Daqui a alguns anos mais falará de outro modo.

Clemência – Deixe-o falar. A propósito, já lhe mostrei o meu meia-cara, que recebi ontem na Casa da Correção?

Negreiro – Pois recebeu um?

Clemência – Recebi, sim. Empenhei-me com minha comadre, minha comadre empenhou-se com a mulher do desembargador, a mulher do desembargador pediu ao marido, este pediu a um deputado, o deputado ao ministro e fui servida.

NEGREIRO – Oh, oh, chama-se isto transação! Oh, oh!

CLEMÊNCIA – Seja lá o que for; agora que tenho em casa, ninguém mo arrancará. Morrendo-me algum outro escravo, digo que foi ele.

FELÍCIO – E minha tia precisava deste escravo, tendo já tantos?

CLEMÊNCIA – Tantos? Quanto mais, melhor. Ainda eu tomei um só. E os que tomam aos vinte e aos trinta? Deixa-te disso, rapaz. Venha vê-lo, sr. Negreiro. *(Saem.)*

## Cena 2

Felício e Mariquinha.

FELÍCIO – Ouviste, prima, como pensa este homem com quem tua mãe pretende casar-te?

MARIQUINHA – Casar-me com ele? Oh, não, morrerei antes!

FELÍCIO – No entanto é um casamento vantajoso. Ele é imensamente rico... Atropelando as leis, é verdade; mas que importa? Quando fores sua mulher...

MARIQUINHA – E é você quem me diz isto? Quem me faz essa injustiça? Assim são os homens, sempre ingratos!

FELÍCIO – Meu amor, perdoa. O temor de perder-te faz-me injusto. Bem sabes quanto eu te adoro; mas tu és rica, e eu um pobre empregado público; e tua mãe jamais consentirá em nosso casamento, pois supõe fazer-te feliz dando-te um marido rico.

MARIQUINHA – Meu Deus!

FELÍCIO – Tão bela e tão sensível como és, seres a esposa de um homem para quem o dinheiro é tudo! Ah, não, ele terá ainda que lutar comigo! Se supõe que a fortuna que tem adquirido com o contrabando de africanos há de tudo vencer, engana-se! A inteligência e o ardil às vezes podem mais que a riqueza.

*Os dois ou O inglês maquinista*

MARIQUINHA – O que pode você fazer? Seremos sempre infelizes.

FELÍCIO – Talvez que não. Sei que a empresa é difícil. Se ele te amasse, ser-me-ia mais fácil afastá-lo de ti; porém ele ama o teu dote, e desta qualidade de gente arrancar um vintém é o mesmo que arrancar a alma do corpo... Mas não importa.

MARIQUINHA – Não vá você fazer alguma coisa com que mamã se zangue e fique mal com você...

FELÍCIO – Não, descansa. A luta há de ser longa, pois que não é este o único inimigo. As assiduidades daquele maldito Gainer já também inquietam-me. Veremos... E se for preciso... Mas não; eles se entredestruirão; o meu plano não pode falhar.

MARIQUINHA – Veja o que faz. Eu lhe amo, não me envergonho de o dizer; porém se for preciso para nossa união que você faça alguma ação que... *(Hesita.)*

FELÍCIO – Compreendo o que queres dizer... Tranquiliza-te.

JÚLIA, *entrando* – Mana, mamã chama.

MARIQUINHA – Já vou. Tuas palavras animaram-me.

JÚLIA – Ande, mana.

MARIQUINHA – Que impertinência! *(Para Felício, à parte:)* Logo conversaremos...

FELÍCIO – Sim, e não te aflijas mais, que tudo se arranjará. *(Saem Mariquinha e Júlia.)*

## Cena 3

FELÍCIO, *só* – Quanto eu a amo! Dois rivais! Um negociante de meia-cara e um especulador... Belo par, na verdade! Ânimo! Comecem-se hoje as hostilidades. Veremos, meus senhores, veremos! Um de vós sairá corrido desta casa pelo outro, e um só ficará para mim – se ficar... *(Entra mister Gainer.)*

## Cena 4

Felício e Gainer.

GAINER – Viva, senhor.

FELÍCIO – Oh, um seu venerador...

GAINER – Passa bem? Estima muito. Senhora dona Clemência foi passear?

FELÍCIO – Não senhor, está lá dentro. Queria alguma coisa?

GAINER – Coisa não; vem fazer minhas cumprimentos.

FELÍCIO – Não pode tardar. *(À parte:)* Principie-se. *(Para Gainer:)* Sinto muito dizer-lhe que... Mas chega minha tia. *(À parte:)* Em outra ocasião...

GAINER – Senhor, que sente?

## Cena 5

Entra Clemência, Mariquinha, Júlia e Negreiro.

CLEMÊNCIA, *entrando* – Estou contente com ele. Oh, o sr. Gainer por cá!

*(Cumprimentam-se.)*

GAINER – Vem fazer meu visita.

CLEMÊNCIA – Muito obrigada. Há dias que o não vejo.

GAINER – Tenha estado muita ocupado.

NEGREIRO, *com ironia* – Sem dúvida com algum projeto?

GAINER – Sim. Estou redigindo uma requerimento para as deputados.

NEGREIRO e CLEMÊNCIA – Oh!

FELÍCIO – Sem indiscrição: Não poderemos saber...

GAINER – Pois não! Eu peça na requerimento uma privilégio por trinta anos para fazer açúcar de osso.

TODOS – Açúcar de osso!

NEGREIRO – Isto deve ser bom! Oh, oh, oh!

CLEMÊNCIA – Mas como é isto?

FELÍCIO, *à parte* – Velhaco!

GAINER – Eu explica e mostra... Até nesta tempo não se tem feito caso das osso, estruindo-se grande quantidade delas, e eu agora faz desses osso açúcar superfina...

FELÍCIO – Desta vez desacreditam-se as canas.

NEGREIRO – Continue, continue.

GAINER – Nenhuma pessoa mais planta cana quando souberem minha método.

CLEMÊNCIA – Mas os ossos plantam-se?

GAINER, *meio desconfiado* – Não senhor.

FELÍCIO – Ah, percebo! Espremem-se. *(Gainer fica indignado.)*

JÚLIA – Quem é que pode espremer osso? Oh! *(Felício e Mariquinha riem-se.)*

## Cena 6

EUFRÁSIA, *na porta do fundo* – Dá licença, comadre?

CLEMÊNCIA – Oh, comadre, pode entrar! *(Clemência e Mariquinha encaminham-se para a porta, assim como Felício; Gainer fica no meio da sala. Entram Eufrásia, Cecília, João do Amaral, um menino de dez anos, uma negra com uma criança no colo e um moleque vestido de calça e jaqueta e chapéu de oleado. Clemência, abraçando Eufrásia:)* Como tem passado?

Eufrásia – Assim, assim.

Clemência – Ora esta, comadre!

João do Amaral – Senhora d. Clemência?

Clemência – Sr. João, viva! Como está?

Mariquinha, *para Cecília, abraçando e dando beijo* – Há quanto tempo!

Cecília – Você passa bem? *(Todos cumprimentam-se. Felício aperta a mão de João do Amaral, corteja as senhoras. João do Amaral corteja a Mariquinha.)*

Clemência – Venham-se assentar.

Eufrásia – Nós nos demoraremos pouco.

Clemência – É que faltava.

Mariquinha, *pegando na criança* – O Lulu como está bonito! *(Cobre-o de beijo.)*

Clemência, *chegando-se para ver* – Coitadinho, coitadinho! *(Fazendo-lhe festas:)* Psiu, psiu, negrinho! Como é galante!

Eufrásia – Tem andado muito rabugento com a disenteria dos dentes.

Mariquinha – Pobrezinho! Psiu, psiu, bonito! *(Mariquinha toma a criança da negra.)*

Eufrásia – Olhe que não lhe faça alguma desfeita!

Mariquinha – Não faz mal. *(Mariquinha leva a criança para junto do candeeiro e, mostrando-lhe a luz, brinca com ele* ad libitum.*)*

Clemência – Descanse um pouco, comadre. *(Puxa-lhe pela saia para junto do sofá.)*

JOÃO – Não podemos ficar muito tempo.

CLEMÊNCIA – Já o senhor principia com suas impertinências. Assentem-se.

(*Clemência e Eufrásia assentam-se no sofá; João do Amaral, Felício, Gainer e o menino, nas cadeiras; Cecília e Júlia ficam em pé junto de Mariquinha, que brinca com a criança.*)

EUFRÁSIA, *assentando-se* – Ai, estou cansada de subir suas escadas!

CLEMÊNCIA – Pois passe a noite comigo e faça a outra visita amanhã.

JOÃO DO AMARAL – Não pode ser.

CLEMÊNCIA – Deixe-se disso. (*Batendo palmas:*) Ó lá de dentro?

JOÃO – Desculpe-me, tenha paciência.

EUFRÁSIA – Não, comadre. (*Chega um pajem pardo à porta.*)

CLEMÊNCIA – Aprontem o chá depressa. (*Sai o pajem.*)

JOÃO – Não pode ser, muito obrigado.

FELÍCIO – Aonde vai com tanta pressa, minha senhora?

EUFRÁSIA – Nós?

JOÃO, *para Felício* – Um pequeno negócio.

EUFRÁSIA – Vamos à casa de d. Rita.

CLEMÊNCIA – Deixe-se de d. Rita. Que vai lá fazer?

EUFRÁSIA – Vamos pedir a ela para falar à mulher do ministro.

CLEMÊNCIA – Pra quê?

EUFRÁSIA – Nós ontem ouvimos dizer que se ia criar uma repartição nova e queria ver se arranjávamos um lugar pra João.

CLEMÊNCIA – Ah, já não ateimo.

Felício, *para João* – Estimarei muito que seja atendido; é justiça que lhe fazem.

Eufrásia – O senhor diz bem.

João – Sou empregado de repartição extinta; assim, é justo que me empreguem. Até mesmo é economia.

Gainer – Economia sim!

João, *para Gainer* – Há muito tempo que me deviam ter empregado, mas enfim...

Clemência – Não se vê senão injustiças.

Eufrásia – Comadre, passando de uma coisa pra outra: a costureira esteve cá hoje?

Clemência – Esteve e me trouxe os vestidos novos.

Eufrásia – Mande buscar.

Cecília – Sim, sim, mande-os buscar, madrinha.

Clemência, *batendo palmas* – Pulquéria? *(Dentro, uma voz:* Senhora?*)* Vem cá.

Cecília, *para Mariquinha* – Quantos vestidos novos você mandou fazer?

Mariquinha e Clemência – Dois. *(Entra uma rapariga.)*

Clemência – Vai lá dentro no meu quarto de vestir, dentro do guarda-fato à direita, tira os vestidos novos que vieram hoje. Olha, não machuque os outros. Vai, anda. *(Sai a rapariga.)*

Cecília, *para Mariquinha* – De que moda mandou fazer os vestidos?

Mariquinha – Diferentes e... Ora, ora, Lulu, que logro!

Eufrásia e Cecília – O que foi?

Mariquinha – Mijou-me toda!

Eufrásia – Não lhe disse? *(Os mais riem-se.)*

*Os dois ou O inglês maquinista*

MARIQUINHA – Marotinho!

EUFRÁSIA – Rosa, pega no menino.

CECÍLIA – Eu já não gosto de pegar nele por isso. *(A preta toma o menino e Mariquinha fica sacudindo o vestido.)*

JOÃO – Foi boa peça!

MARIQUINHA – Não faz mal. *(Entra a rapariga com quatro vestidos e entrega a Clemência.)*

JOÃO, *para Felício* – Temos maçada!

FELÍCIO – Estão as senhoras no seu geral.

CLEMÊNCIA, *mostrando os vestidos* – Olhe. *(As quatro senhoras ajuntam-se à roda dos vestidos e examinam ora um, ora outro; a rapariga fica em pé na porta; o menino bole em tudo quanto acha e trepa nas cadeiras para bulir com os vidros; Felício e Gainer levantam-se e passeiam de braço dado pela sala, conversando. As quatro senhoras quase que falam ao mesmo tempo.)*

CECÍLIA – Esta chita é bonita.

EUFRÁSIA – Olhe este riscadinho, menina!

CLEMÊNCIA – Pois custou bem barato; comprei à porta.

CECÍLIA – Que feitio tão elegante! Este é seu, não é?

MARIQUINHA – É, eu mesmo é que dei o molde.

CLEMÊNCIA – São todos diferentes. Este é de costa lisa, e este não.

CECÍLIA – Este há de ficar bem.

CLEMÊNCIA – Muito bem. É uma luva.

MARIQUINHA – Já viu o feitio desta manga?

CECÍLIA – É verdade, como é bonita! Olhe, minha mãe.

EUFRÁSIA – São de pregas enviesadas. *(Para o menino:)* Menino, fique quieto.

MARIQUINHA – Este cabeção fica muito bem.

CECÍLIA – Tenho um assim.

EUFRÁSIA – Que roda!

MARIQUINHA – Assim é que eu gosto.

CLEMÊNCIA – E não levou muito caro.

EUFRÁSIA – Quanto? *(Para o menino:)* Juca, desce daí.

CLEMÊNCIA – A três mil-réis.

EUFRÁSIA – Não é caro.

CECÍLIA – Parece seda esta chita. *(Para o menino:)* Juquinha, mamã já disse que fique quieto.

CLEMÊNCIA – A Merenciana está cortando muito bem.

EUFRÁSIA – É assim.

CECÍLIA – Já não mandam fazer mais na casa das francesas?

MARIQUINHA – Mandamos só os de seda.

CLEMÊNCIA – Não vale a pena mandar fazer vestidos de chita pelas francesas; pedem sempre tanto dinheiro! *(Esta cena deve ser toda muito viva. Ouve-se dentro bulha como de louça que se quebra:)* O que é isto lá dentro? *(Voz, dentro: Não é nada, não senhora.)* Nada? O que é que se quebrou lá dentro? Negras! *(A voz, dentro: Foi o cachorro.)* Estas minhas negras!... Com licença. *(Clemência sai.)*

EUFRÁSIA – É tão descuidada esta nossa gente!

JOÃO DO AMARAL – É preciso ter paciência. *(Ouve-se dentro bulha como de bofetadas e chicotadas.)* Aquela pagou caro...

EUFRÁSIA, *gritando* – Comadre, não se aflija.

João – Se assim não fizer, nada tem.

Eufrásia – Basta, comadre, perdoe por esta. *(Cessam as chicotadas.)* Estes nossos escravos fazem-nos criar cabelos brancos. *(Entra Clemência arranjando o lenço do pescoço e muito esfogueada.)*

Clemência – Os senhores desculpem, mas não se pode... *(Assenta-se e toma respiração.)* Ora veja só! Foram aquelas desavergonhadas deixar mesmo na beira da mesa a salva com os copos para o cachorro dar com tudo no chão! Mas pagou-me!

Eufrásia – Lá por casa é a mesma coisa. Ainda ontem a pamonha da minha Joana quebrou duas xícaras.

Clemência – Fazem-me perder a paciência. Ao menos as suas não são tão mandrionas.

Eufrásia – Não são? Xi! Se eu lhe contar não há de crer. Ontem, todo o santo dia a Mônica levou a ensaboar quatro camisas do João.

Clemência – É porque não as esfrega.

Eufrásia – É o que a comadre pensa.

Clemência – Eu não gosto de dar pancadas. Porém, deixemo-nos disso agora. A comadre ainda não viu o meu africano?

Eufrásia – Não. Pois teve um?

Clemência – Tive; venham ver. *(Levantam-se.)* Deixe os vestidos aí que a rapariga vem buscar. Felício, dize ao senhor *mister* que se quiser entrar não faça cerimônia.

Gainer – Muito obrigada.

Clemência – Então, com sua licença.

Eufrásia, *para a preta* – Traz o menino. *(Saem Clemência, Eufrásia, Mariquinha, Cecília, João do Amaral, Júlia, o menino, a preta e o moleque.)*

## Cena 7

Felício e Gainer

Felício – Estou admirado! Excelente ideia! Bela e admirável máquina!

Gainer, *contente* – Admirável, sim.

Felício – Deve dar muito interesse.

Gainer – Muita interesse o fabricante. Quando este máquina tiver acabada, não precisa mais de cozinheiro, de sapateira e de outras muitas ofícias.

Felício – Então a máquina supre todos estes ofícios?

Gainer – Oh, sim! Eu bota a máquina aqui no meio da sala, manda vir um boi, bota a boi na buraco da maquine e depois de meia hora sai por outra banda da maquine tudo já feita.

Felício – Mas explique-me bem isto.

Gainer – Olha. A carne do boi sai feita em *beef*, em *roast-beef*, em fricandó e outras muitas; do couro sai sapatas, botas...

Felício, *com muita seriedade* – Envernizadas?

Gainer – Sim, também pode ser. Das chifres sai bocetas, pentes e cabo de faca; das ossas sai marcas...

Felício, *no mesmo* – Boa ocasião para aproveitar os ossos para o seu açúcar.

Gainer – Sim, sim, também sai açúcar, balas da Porto e amêndoas.

Felício – Que prodígio! Estou maravilhado! Quando pretende fazer trabalhar a máquina?

Gainer – Conforme; falta ainda alguma dinheira. Eu queria fazer uma empréstima. Se o senhor quer fazer seu capital render cinquenta por cento dá a mim para acabar a maquina, que trabalha depois por nossa conta.

Felício, à *parte* – Assim era eu tolo... *(Para Gainer:)* Não sabe quanto sinto não ter dinheiro disponível. Que bela ocasião de triplicar, quadruplicar, quintuplicar, que digo, centuplicar o meu capital em pouco! Ah!

Gainer, *à parte* – Destes tolas eu quero muito.

Felício – Mas veja como os homens são maus. Chamarem ao senhor, que é o homem o mais filantrópico e desinteressado e amicíssimo do Brasil, especulador de dinheiros alheios e outros nomes mais.

Gainer – A mim chama especuladora? A mim? *By God!* Quem é a atrevido que me dá esta nome?

Felício – É preciso, na verdade, muita paciência. Dizerem que o senhor está rico com espertezas!

Gainer – Eu rica! Que calúnia! Eu rica? Eu está pobre com minhas projetos pra bem do Brasil.

Felício, *à parte* – O bem do brasileiro é o estribilho destes malandros... *(Para Gainer:)* Pois não é isto que dizem. Muitos creem que o senhor tem um grosso capital no Banco de Londres; e além disto, chamam-lhe de velhaco.

Gainer, *desesperado* – Velhaca, velhaca! Eu quero mete uma bala nos miolos deste patifa. Quem é estes que me chama velhaca?

Felício – Quem? Eu lho digo: ainda não há muito que o Negreiro assim disse.

Gainer – Negreira disse? Oh, que patifa de meia-cara... Vai ensina ele... Ele me paga. *Goddam!*

Felício – Se lhe dissesse tudo quanto ele tem dito...

Gainer – Não precisa dize; basta chama velhaca a mim pra eu mata ele. Oh, que patifa de meia-cara! Eu vai dize a *commander* do brigue *Wizart* que este patifa é meia-cara; pra segura nos navios dele. Velhaca! Velhaca! *Goddam!* Eu vai mata ele! Oh! *(Sai desesperado.)*

## Cena 8

Felício, *só* – Lá vai ele como um raio! Se encontra o Negreiro, temos salsada. Que furor mostrou por lhe dizer eu que o chamavam velhaco! Dei-lhe na balda! Vejamos no que dá tudo isto. Segui-lo-ei de longe até que se encontre com Negreiro; deve ser famoso o encontro. Ah, ah, ah! *(Toma o chapéu e sai.)*

## Cena 9

Entra Cecília e Mariquinha.

Mariquinha, *entrando* – É como eu te digo.

Cecília – Tu não gostas nada dele?

Mariquinha – Aborreço-o.

Cecília – Ora, deixa-te disso. Ele não é rico?

Mariquinha – Dizem que muito.

Cecília – Pois então? Casa-te com ele, tola.

Mariquinha – Mas, Cecília, tu sabes que eu amo o meu primo.

Cecília – E o que tem isso? Estou eu que amo a mais de um, e não perderia um tão bom casamento como o que agora tens. É tão belo ter um marido que nos dê carruagens, chácara, vestidos novos pra todos os bailes... Oh, que fortuna! Já ia sendo feliz uma ocasião. Um negociante, destes pé de boi, quis casar comigo, a ponto de escrever-me uma carta, fazendo a promessa; porém logo que soube que eu não tinha dote como ele pensava, sumiu-se e nunca mais o vi.

Mariquinha – E nesse tempo amavas a alguém?

CECÍLIA – Oh, se amava! Não faço outra coisa todos os dias. Olha, amava ao filho de d. Joana, aquele tenente, amava aquele que passava sempre por lá, de casaca verde; amava...

MARIQUINHA – Com efeito! E amavas a todos?

CECÍLIA – Pois então?

MARIQUINHA – Tens belo coração de estalagem!

CECÍLIA – Ora, isto não é nada!

MARIQUINHA – Não é nada?

CECÍLIA – Não. Agora tenho mais namorados que nunca; tenho dois militares, um empregado do Tesouro, o cavalo rabão...

MARIQUINHA – Cavalo rabão?

CECÍLIA – Sim, um que anda num cavalo rabão.

MARIQUINHA – Ah!

CECÍLIA – Tenho mais outros dois que eu não conheço.

MARIQUINHA – Pois também namoras a quem não conheces?

CECÍLIA – Pra namorar não é preciso conhecer. Você quer ver a carta que um destes dois mandou-me mesmo quando estava me vestindo para sair?

MARIQUINHA – Sim, quero.

CECÍLIA, *procurando no seio a carta* – Não tive tempo de deixá-la na gaveta; minha mãe estava no meu quarto. *(Abrindo a carta, que estava muito dobrada:)* Foi o moleque que me entregou. Escute. *(Lendo:)* "Minha adorada e crepitante estrela..."

*(Deixando de ler:)* Hem?

MARIQUINHA – Continua.

Cecília, *lendo* – "Os astros, que brilham nas chamejantes esferas de teus sedutores e atrativos olhos, ofuscaram em tão subido e sublimado ponto o meu amatório discernimento, que por ti me enlouqueceu. Sim, meu bem, um general quando vence uma batalha não é mais feliz do que eu! Se receberes os meus sinceros sofrimentos, serei ditoso; se não, ficarei louco e irei viver na Hircânia, no Japão, nos sertões de Minas, enfim, em toda parte aonde possa encontrar desumanas feras, e lá morrerei. Adeus deste que jura ser teu, apesar da negra e fria morte. O mesmo". *(Deixando de ler:)* Não está tão bem escrita? Que estilo! Que paixão, bem? Como estas, ou melhores ainda, tenho lá em casa muitas!

Mariquinha – Que te faça muito bom proveito, pois eu não tenho nem uma.

Cecília – Ora veja só! Qual é a moça que não recebe sua cartinha? Sim, também não admira; vocês dois moram em casa.

Mariquinha – Mas dize-me, Cecília, para que tem você tantos namorados?

Cecília – Para quê? Eu te digo; para duas coisas: primeira, para divertir-me; segunda, para ver se de tantos, algum cai.

Mariquinha – Mau cálculo. Quando se sabe que uma moça dá corda a todos, todos brincam, e todos...

Cecília – Acaba.

Mariquinha – E todos a desprezam.

Cecília – Desprezam! Pois não. Só se se é alguma tola e dá logo a perceber que tem muitos namorados. Cada um dos meus supõe-se único na minha afeição.

Mariquinha – Tens habilidade.

Cecília – É tão bom estar-se à janela, vendo-os passar um atrás do outro como os soldados que passam em continência. Um aceno para um, uma tossezinha para outro, um sorriso, um escárnio, e vão eles tão contentezinhos...

## Cena 10

Entra Felício.

FELÍCIO, *entrando* – Perdi-o de vista.

CECÍLIA, *assustando-se* – Ai, que susto me meteu o sr. Felício!

FELÍCIO – Muito sinto que...

CECÍLIA – Não faz mal. *(Com ternura:)* Se todos os meus sustos fossem como este, não se me dava de estar sempre assustada.

FELÍCIO – E eu não me daria de causar, não digo susto, mas surpresa a pessoas tão amáveis e belas como a senhora d. Cecília.

CECÍLIA – Não mangue comigo; ora veja!

MARIQUINHA, *à parte* – Já ela está a namorar o primo. É insuportável. Primo?

FELÍCIO – Priminha?

MARIQUINHA – Aquilo?

FELÍCIO – Vai bem.

CECÍLIA – O que é?

MARIQUINHA – Uma coisa.

## Cena 11

Entram Clemência, Eufrásia, João, Júlia, o menino, a preta com a criança e o moleque.

CLEMÊNCIA – Mostra que tem habilidade.

EUFRÁSIA – Assim é bom, pois o meu nem por isso. Quem também já vai adiantado é o Juca; ainda ontem o João comprou-lhe um livro de fábula.

CLEMÊNCIA – As mestras da Júlia estão muito contentes com ela. Está muito adiantada. Fala francês e daqui a dois dias não sabe mais falar português.

FELÍCIO, *à parte* – Belo adiantamento!

CLEMÊNCIA – É muito bom colégio. Júlia, cumprimenta aqui o senhor em francês.

JÚLIA – Ora, mamã.

CLEMÊNCIA – Faça-se de tola!

JÚLIA – *Bon jour, Monsieur, comment vous portez-vous? Je suis votre serviteur.*

JOÃO – *Oui.* Está muito adiantada.

EUFRÁSIA – É verdade.

CLEMÊNCIA, *para Júlia* – Como é mesa em francês?

JÚLIA – *Table.*

CLEMÊNCIA – Braço?

JÚLIA – *Bras.*

CLEMÊNCIA – Pescoço?

JÚLIA – *Cou.*

CLEMÊNCIA – Menina!

JÚLIA – É *cou* mesmo, mamã; não é primo? Não é *cou* que significa?

CLEMÊNCIA – Está bom, basta.

EUFRÁSIA – Estes franceses são muito porcos. Ora veja, chamar o pescoço, que está ao pé da cara, com este nome tão feio.

João, *para Eufrásia* – Senhora, são horas de nos irmos.

Clemência – Já?

João – É tarde.

Eufrásia – Adeus, comadre, qualquer destes dias cá virei. D. Mariquinha, adeus. *(Dá um abraço e um beijo.)*

Mariquinha – Passe bem. Cecília, até quando?

Cecília – Até nos encontrarmos. Adeus. *(Dá abraço e muitos beijos.)*

Eufrásia, *para Clemência* – Não se esqueça daquilo.

Clemência – Não.

João, *para Clemência* – Comadre, boas noites.

Clemência – Boas noites, compadre.

Eufrásia e Cecília – Adeus, adeus! Até sempre. *(Os de casa acompanhamos.)*

Eufrásia, *parando no meio da casa* – Mande o vestido pela Joana.

Clemência – Sim. Mas quer um só, ou todos os dois?

Eufrásia – Basta um.

Clemência – Pois sim.

Cecília, *para Mariquinha* – Você também mande-me o molde das mangas. Mamã, não era melhor fazer o vestido de mangas justas?

Eufrásia – Faze como quiseres.

João – Deixem isto para outra ocasião e vamos, que é tarde.

Eufrásia – Já vamos, já vamos. Adeus, minha gente, adeus. *(Beijos e abraços.)*

Cecília, *para Mariquinha* – O livro que te prometi mando amanhã.

MARIQUINHA – Sim.

CECÍLIA – Adeus. Boas noites, senhor Felício.

EUFRÁSIA, *parando quase junto da porta* – Você sabe? Nenhuma das sementes pegou.

CLEMÊNCIA – É que não soube plantar.

EUFRÁSIA – Qual!

MARIQUINHA – Adeus, Lulu.

EUFRÁSIA – Não eram boas.

CLEMÊNCIA – Eu mesmo as colhi.

MARIQUINHA – Marotinho!

CECÍLIA – Se você ver d. Luísa, dê lembranças.

EUFRÁSIA – Mande outras.

MARIQUINHA – Mamã, olhe Lulu que está lhe estendendo os braços.

CLEMÊNCIA – Um beijinho.

CECÍLIA – Talvez possa vir amanhã.

CLEMÊNCIA – Eu mando outras, comadre.

JOÃO – Então, vamos ou não vamos? *(Desde que Eufrásia diz – Você sabe? Nenhuma das sementes pegou – falam todos ao mesmo tempo, com algazarra.)*

CLEMÊNCIA – Já vão, já vão.

EUFRÁSIA – Espere um bocadinho.

JOÃO, *para Felício* – Não se pode aturar senhoras.

Eufrásia – Adeus, comadre, o João quer-se ir embora. Talvez venham cá os Reis.

Cecília – É verdade, e...

João – Ainda não basta?

Eufrásia – Que impertinência! Adeus, adeus!

Clemência e Mariquinha – Adeus, adeus!

Eufrásia *chega à porta e pára* – Quando quiser, mande a abóbora para fazer o doce.

Clemência – Pois sim, quando estiver madura lá mando, e...

João, *à parte* – Ainda não vai desta, irra!

Cecília, *para Mariquinha* – Esqueci-me de te mostrar o meu chapéu.

Clemência – Não bota cravo.

Cecília – Manda buscar?

Eufrásia – Pois sim, tenho um receita.

Mariquinha – Não, teu pai está zangado.

Clemência – Com flor de laranja.

Eufrásia – Sim.

João, *à parte, batendo com o pé* – É de mais!

Cecília – Mande para eu ver.

Mariquinha – Sim.

Eufrásia – Que o açúcar seja bom.

Cecília – E outras coisas novas.

31

CLEMÊNCIA – É muito bom.

EUFRÁSIA – Está bem, adeus. Não se esqueça.

CLEMÊNCIA – Não.

CECÍLIA – Enquanto a Vitorina está lá em casa.

MARIQUINHA – Conta bem.

CECÍLIA – Adeus, Júlia.

JÚLIA – Mande a boneca.

CECÍLIA – Sim.

JÚLIA – Lulu, adeus, bem, adeus!

MARIQUINHA – Não faça ele cair!

JÚLIA – Não.

JOÃO – Eu vou saindo. Boas noites. *(À parte:)* Irra, irra!

CLEMÊNCIA – Boas noites, sô João.

EUFRÁSIA – Anda, menina. Juca, vem.

TODOS – Adeus, adeus, adeus! *(Toda esta cena deve ser como a outra, falada ao mesmo tempo.)*

JOÃO – Enfim! *(Saem Eufrásia, Cecília, João, o menino e a preta; Clemência, Mariquinha ficam à porta; Felício acompanha as visitas.)*

CLEMÊNCIA, *da porta* – Adeus!

EUFRÁSIA, *dentro* – Toma sentido nos Reis pra me contar.

CLEMÊNCIA, *da porta* – Hei de tomar bem sentido.

CECÍLIA, *de dentro* – Adeus, bem! Mariquinha?

MARIQUINHA – Adeus!

CLEMÊNCIA, *da porta* – Ó comadre, manda o Juca amanhã, que é domingo.

EUFRÁSIA, *dentro* – Pode ser. Adeus.

## Cena 12

Clemência, Mariquinha e Felício.

CLEMÊNCIA – Menina, são horas de mandar arranjar a mesa pra ceia dos Reis.

MARIQUINHA – Sim, mamã.

CLEMÊNCIA – Viste a Cecília como vinha? Não sei aquela comadre aonde quer ir parar. Tanto luxo e o marido ganha tão pouco! São milagres que estas gentes sabem fazer.

MARIQUINHA – Mas elas cosem pra fora.

CLEMÊNCIA – Ora, o que dá a costura? Não sei, não sei! Há coisas que se não podem explicar... Donde lhes vem o dinheiro não posso dizer. Elas que o digam. *(Entra Felício.)* Felício, você também não acompanha os Reis?

FELÍCIO – Hei de acompanhar, minha tia.

CLEMÊNCIA – E ainda é cedo?

FELÍCIO, *tirando o relógio* – Ainda; apenas são nove horas.

CLEMÊNCIA – Ah, meu tempo!

## Cena 13

Entra Negreiro acompanhado de um preto de ganho com um cesto à cabeça coberto com um cobertor de baeta encarnada.

NEGREIRO – Boas noites.

CLEMÊNCIA – Oh, pois voltou? O que traz com este preto?

NEGREIRO – Um presente que lhe ofereço.

CLEMÊNCIA – Vejamos o que é.

NEGREIRO – Uma insignificância... Arreia, pai! (*Negreiro ajuda ao preto a botar o cesto no chão. Clemência, Mariquinha chegam-se para junto do cesto, de modo porém que este fica à vista dos espectadores.*)

CLEMÊNCIA – Descubra. (*Negreiro descobre o cesto e dele levanta-se um moleque de tanga e carapuça encarnada, o qual fica em pé dentro do cesto.*) Ó gentes!

MARIQUINHA, *ao mesmo tempo* – Oh!

FELÍCIO, *ao mesmo tempo* – Um meia-cara!

NEGREIRO – Então, hem? (*Para o moleque:*) Quenda, quenda! (*Puxa o moleque para fora.*)

CLEMÊNCIA – Como é bonitinho!

NEGREIRO – Ah, ah!

CLEMÊNCIA – Pra que o trouxe no cesto?

NEGREIRO – Por causa dos malsins...

CLEMÊNCIA – Boa lembrança. (*Examinando o moleque:*) Está gordinho... bons dentes...

NEGREIRO, *à parte, para Clemência* – É dos desembarcados ontem no Botafogo...

CLEMÊNCIA – Ah! Fico-lhe muito obrigada.

NEGREIRO, *para Mariquinha* – Há de ser seu pajem.

MARIQUINHA – Não preciso de pajem.

CLEMÊNCIA – Então, Mariquinha?

*Os dois ou O inglês maquinista*

NEGREIRO – Está bom, trar-lhe-ei uma mucamba.

CLEMÊNCIA – Tantos obséquios... Dá licença que o leve para dentro?

NEGREIRO – Pois não, é seu.

CLEMÊNCIA – Mariquinha, vem cá. Já volto. *(Sai Clemência, levando pela mão o moleque, e Mariquinha.)*

## Cena 14

NEGREIRO, *para o preto de ganho* – Toma lá. *(Dá-lhe dinheiro; o preto toma o dinheiro e fica algum tempo olhando para ele.)* Então, acha pouco?

O NEGRO – Eh, eh, pouco... carga pesado...

NEGREIRO, *ameaçando* – Salta já daqui, tratante! *(Empurra-o.)* Pouco, pouco! Salta! *(Empurra-o pela porta afora.)*

FELÍCIO, *à parte* – Sim, empurra o pobre preto, que eu também te empurrarei sobre alguém...

NEGREIRO, *voltando* – Acha um vintém pouco!

FELÍCIO – Sr. Negreiro...

NEGREIRO – Meu caro senhor?

FELÍCIO – Tenho uma coisa que lhe comunicar, com a condição porém que o senhor se não há de alterar.

NEGREIRO – Vejamos.

FELÍCIO – A simpatia que pelo senhor sinto é que me faz falar...

NEGREIRO – Adiante, adiante...

FELÍCIO, *à parte* – Espera, que eu te ensino, grosseirão. *(Para Negreiro:)* O sr.

Gainer, que há pouco saiu, disse-me que ia ao juiz de paz denunciar os meias-caras que o senhor tem em casa e ao comandante do brigue inglês *Wizart* os seus navios que espera todos os dias.

NEGREIRO – Quê? Denunciar-me, aquele patife? Velhaco-mor! Denunciar-me? Oh, não que eu me importe com a denúncia ao juiz de paz; com este eu cá me entendo; mas é patifaria, desaforo!

FELÍCIO – Não sei por que tem ele tanta raiva do senhor.

NEGREIRO – Por quê? Porque eu digo em toda a parte que ele é um especulador velhaco e velhacão! Oh, inglês do diabo, se eu te pilho! Inglês de um dardo!

## Cena 15

Entra Gainer apressado.

GAINER, *entrando* – Darda tu, patifa!

NEGREIRO – Oh!

GAINER, *tirando apressado a casaca* – Agora me paga!

FELÍCIO, *à parte, rindo-se* – Temos touros!

NEGREIRO, *indo sobre Gainer* – Espera, *goddam* dos quinhentos!

GAINER, *indo sobre Negreiro* – Meia-cara! (*Gainer e Negreiro brigam aos socos. Gainer gritando continuadamente:* Meia-cara! Patifa! *Goddam!* – *e Negreiro:* Velhaco! Tratante! *Felício ri-se, de modo, porém, que os dois não pressintam. Os dois caem no chão e rolam brigando sempre.*)

FELÍCIO, *à parte, vendo a briga* – Bravo os campeões! Belo soco! Assim, inglesinho! Bravo o Negreiro! Lá caem... Como estão zangados!

## Cena 16

Entra Clemência e Mariquinha.

FELÍCIO, *vendo-as entrar* – Senhores, acomodem-se! *(Procura apartá-los.)*

CLEMÊNCIA – Então, o que é isto, senhores? Contendas em minha casa?

FELÍCIO – Sr. Negreiro, acomode-se! *(Os dois levantam-se e falam ao mesmo tempo.)*

NEGREIRO – Este *yes* do diabo...

GAINER – Negreira atrevida...

NEGREIRO – ... teve a pouca-vergonha...

GAINER – ... chama a mim...

NEGREIRO – ... de denunciar-me...

GAINER – ... velhaca...

FELÍCIO – Senhores!

CLEMÊNCIA – Pelo amor de Deus, sosseguem!

NEGREIRO, *animando-se* – Ainda não estou em mim...

GAINER, *animando-se* – Inglês não sofre...

NEGREIRO – Quase que o mato!

GAINER – *Goddam!* *(Quer ir contra Negreiro; Clemência e Felício apartam.)*

CLEMÊNCIA – Sr. *mister!* Sr. Negreiro!

NEGREIRO – Se não fosse a senhora, havia de ensinar-te, *yes* do diabo!

CLEMÊNCIA – Basta, basta!

GAINER – Eu vai-se embora, não quer ver mais nas minhas olhos este homem. *(Sai arrebatadamente vestindo a casaca.)*

NEGREIRO, *para Clemência* – Faz-me o favor. *(Leva-a para um lado.)* A senhora sabe quais são minhas intenções nesta casa a respeito de sua filha, mas como creio que este maldito inglês tem as mesmas intenções...

CLEMÊNCIA – As mesmas intenções?

NEGREIRO – Sim senhora, pois julgo que pretende também casar com sua filha.

CLEMÊNCIA – Pois é da Mariquinha que ele gosta?

NEGREIRO – Pois não nota a sua assiduidade?

CLEMÊNCIA, *à parte* – E eu que pensava que era por mim!

NEGREIRO – É tempo de decidir: ou eu ou ele.

CLEMÊNCIA – Ele casar-se com Mariquinha? É o que faltava!

NEGREIRO – É quanto pretendia saber. Conceda que vá mudar de roupa, e já volto para assentarmos o negócio. Eu volto. *(Sai.)*

CLEMÊNCIA, *à parte* – Era dela que ele gostava! E eu, então? *(Para Mariquinha:)* O que estão vocês aí bisbilhotando? As filhas neste tempo não fazem caso das mães! Pra dentro, pra dentro!

MARIQUINHA, *espantada* – Mas, mamã...

CLEMÊNCIA *mais zangada* – Ainda em cima respondona! Pra dentro! *(Clemência empurra Mariquinha pra dentro, que vai chorando.)*

FELÍCIO – Que diabo quer isto dizer? O que diria ele a minha tia para indispô-la deste modo contra a prima? O que será? Ela me dirá. *(Sai atrás de Clemência.)*

## Cena 17

Entra Negreiro na ocasião que Felício sai.

Negreiro – Psiu! Não ouviu-me... Esperarei. Quero que me dê informações mais miúdas a respeito da denúncia que o tal patife deu ao cruzeiro inglês dos navios que espero. Isto... Não, que os tais meninos andam com o olho vivo pelo que bem o sei eu, e todos, em suma. Seria bem bom que eu pudesse arranjar este casamento o mais breve possível. Lá com a moça, em suma, não me importa; o que eu quero é o dote. Faz-me certo arranjo... E o inglês também queria, como tolo! Já ando meio desconfiado... Alguém vem! Se eu me escondesse, talvez pudesse ouvir... Dizem que é feio... Que importa? Primeiro o meu dinheiro, em suma. (*Esconde-se por trás da cortina da primeira janela.*)

## Cena 18

Entra Clemência.

Clemência – É preciso que isto se decida. Ó lá de dentro! José?

Uma voz, *dentro* – Senhora!

Clemência – Vem cá. A quanto estão as mulheres sujeitas! (*Entra um pajem. Clemência, dando-lhe uma carta:*) Vai à casa do sr. Gainer, aquele inglês, e entrega-lhe esta carta. (*Sai o pajem. Negreiro, durante toda esta cena e a seguinte, observa, espiando.*)

Negreiro, *à parte* – Uma carta para o inglês!

Clemência, *passeando* – Ou com ele, ou com nenhum mais.

Negreiro – Ah, o caso é este!

Clemência, *no mesmo* – Estou bem certa que ele fará a felicidade de uma mulher.

NEGREIRO, *à parte* – Muito bom, muito bom!

CLEMÊNCIA, *no mesmo* – O mau foi ele brigar com o Negreiro.

NEGREIRO, *à parte* – E o pior é não lhe quebrar eu a cara...

CLEMÊNCIA – Mas não devo hesitar: se for necessário, fecharei minha porta ao Negreiro.

NEGREIRO – Muito obrigado.

CLEMÊNCIA – Ele se há de zangar.

NEGREIRO – Pudera não! E depois de dar um moleque que podia vender por duzentos mil-réis...

CLEMÊNCIA, *no mesmo* – Mas que importa? É preciso pôr meus negócios em ordem, e só ele é capaz de os arranjar depois de se casar comigo.

NEGREIRO, *à parte* – Hem? Como é lá isso? Ah!

CLEMÊNCIA – Há dois anos que meu marido foi morto no Rio Grande pelos rebeldes, indo lá liquidar umas contas. Deus tenha sua alma em glória; tem-me feito uma falta que só eu sei. É preciso casar-me; ainda estou moça. Todas as vezes que me lembro do defunto vêm-me as lágrimas aos olhos... Mas se ele não quiser?

NEGREIRO, *à parte* – Se o defunto não quiser?

CLEMÊNCIA – Mas não, a fortuna que tenho e mesmo alguns atrativos que possuo, seja dito sem vaidade, podem vencer maiores impossíveis. Meu pobre defunto marido! *(Chora.)* Vou fazer a minha *toilette*. *(Sai.)*

## Cena 19

Negreiro sai da janela.

NEGREIRO – E então? Que tal a viúva? *(Arremedando a voz de Clemência:)* Meu pobre defunto marido... Vou fazer minha *toilette*. Não é má! Chora por um e enfeita-se para outro. Estas viúvas! Bem diz o ditado que viúva rica por um olho chora, e por outro repica. Vem gente... Será o inglês? *(Esconde-se.)*

## Cena 20

Entra Alberto vagaroso e pensativo; olha ao redor de si, examinando tudo com atenção. Virá vestido pobremente, mas com decência. Negreiro, que da janela espiando o observa, mostra-se aterrado durante toda a seguinte cena.

Alberto – Eis-me depois de dois anos de privações e miséria restituído ao seio de minha família!

Negreiro, *à parte* – O defunto!

Alberto – Minha mulher e minha filha ainda se lembrarão de mim? Serão elas felizes, ou como eu experimentarão os rigores do infortúnio? Há apenas duas horas que desembarquei, chegando dessa malfadada província aonde dois anos estive prisioneiro. Lá os rebeldes me detiveram, porque julgavam que eu era um espião; minhas cartas para minha família foram interceptadas e minha mulher talvez me julgue morto... Dois anos, que mudanças terão trazido consigo? Cruel ansiedade! Nada indaguei, quis tudo ver com meus próprios olhos... É esta a minha casa, mas estes móveis não conheço... Mais ricos e suntuosos são do que aqueles que deixei. Oh, terá também minha mulher mudado? Sinto passos... Ocultemo-nos... Sinto-me ansioso de temor e alegria... meu Deus! *(Encaminha-se para a janela aonde está escondido Negreiro.)*

Negreiro, à *parte* – Oh, diabo! Ei-lo comigo! *(Alberto querendo esconder-se na janela, dá com Negreiro e recua espantado.)*

Alberto – Um homem! Um homem escondido em minha casa!

Negreiro, *saindo da janela* – Senhor!

Alberto – Quem és tu? Responde! *(Agarra-o.)*

NEGREIRO – Eu? Pois não me conhece, sr. Alberto? Sou Negreiro, seu amigo... Não me conhece?

ALBERTO – Negreiro... sim... Mas meu amigo, e escondido em casa de minha mulher!

NEGREIRO – Sim senhor, sim senhor, por ser seu amigo é que estava escondido em casa de sua mulher.

ALBERTO, *agarrando Negreiro pelo pescoço* – Infame!

NEGREIRO – Não me afogue! Olhe que eu grito!

ALBERTO – Dize, por que te escondias?

NEGREIRO – Já lhe disse que por ser seu verdadeiro amigo... Não aperte que não posso, e então também dou como um cego, em suma.

ALBERTO, *deixando-o* – Desculpa-te se podes, ou treme...

NEGREIRO – Agora sim... Vá ouvindo. *(À parte:)* Assim safo-me da arriosca e vingo-me, em suma, do inglesinho. *(Para Alberto:)* Sua mulher é uma traidora!

ALBERTO – Traidora?

NEGREIRO – Traidora, sim, pois não tendo certeza de sua morte, tratava já de casar-se.

ALBERTO – Ela casar-se? Tu mentes! *(Agarra-o com força.)*

NEGREIRO – Olhe que perco a paciência... Que diabo! Por ser seu amigo e vigiar sua mulher agarra-me deste modo? Tenha propósito, ou eu... Cuida que é mentira? Pois esconda-se um instante comigo e verá. *(Alberto esconde o rosto nas mãos e fica pensativo. Negreiro, à parte:)* Não está má a ressurreição! Que surpresa para a mulher! Ah, inglesinho, agora me pagarás!

ALBERTO, *tomando-o pelo braço* – Vinde... Tremei porém, se sois um caluniador. Vinde! *(Escondem-se ambos na janela e observam durante toda a seguinte cena.)*

NEGREIRO, *da janela* – A tempo nos escondemos, que alguém se aproxima!

## Cena 21

Entra Felício e Mariquinha.

FELÍCIO – É preciso que te resolvas o quanto antes.

ALBERTO, *da janela* – Minha filha!

MARIQUINHA – Mas...

FELÍCIO – Que irresolução é a tua? A desavença entre os dois fará que a tia apresse o teu casamento – com qual deles não sei. O certo é que de um estamos livres; resta-nos outro. Só com coragem e resolução nos podemos tirar deste passo. O que disse o Negreiro à tua mãe não sei, porém, o que quer que seja, a tem perturbado muito, e meu plano vai--se desarranjando.

MARIQUINHA – Oh, é verdade, a mamãe tem ralhado tanto comigo depois desse momento, e me tem dito mil vezes que eu serei a causa da sua morte...

FELÍCIO – Se tivesses coragem de dizer a tua mãe que nunca te casarás com o Gainer ou com o Negreiro...

NEGREIRO, *da janela* – Obrigado!

MARIQUINHA – Jamais o ousarei!

FELÍCIO – Pois bem, se o não ousas dizer, fujamos.

MARIQUINHA – Oh, não, não!

CLEMÊNCIA, *dentro* – Mariquinha?

MARIQUINHA – Adeus! Nunca pensei que você me fizesse semelhante proposição!

FELÍCIO, *segurando-a pela mão* – Perdoa, perdoa ao meu amor! Estás mal comigo? Pois bem, já não falarei em fugida, em planos, em entregas; apareça só a força e coragem. Aquele que sobre ti lançar vistas de amor ou de cobiça comigo se haverá. Que me importa a vida sem ti? E um homem que despreza a vida...

MARIQUINHA, *suplicante* – Felício!

CLEMÊNCIA, *dentro* – Mariquinha?

MARIQUINHA – Senhora? Eu te rogo, não me faças mais desgraçada!

CLEMÊNCIA, *dentro* – Mariquinha, não ouves?

MARIQUINHA, – Já vou, minha mãe. Não é verdade que estavas brincando?

FELÍCIO – Sim, sim, estava; vai descansada.

MARIQUINHA – Eu creio em tua palavra. *(Sai apressada.)*

## Cena 22

FELÍCIO, *só* – Crê na minha palavra, porque eu disse que serás minha. Com aquele dos dois que te ficar pertencendo irei ter, e será teu esposo aquele que a morte poupar. São dez horas, os amigos me esperam. Amanhã se decidirá minha sorte. *(Toma o chapéu que está sobre a mesa e sai.)*

## Cena 23

Alberto e Negreiro, sempre na janela.

ALBERTO – Oh, minha ausência, minha ausência!

NEGREIRO – A mim não me matarás! Safa, em suma.

ALBERTO – A que cenas vim eu assistir em minha casa!

NEGREIRO – E que direi eu? Que tal o menino?

ALBERTO – Clemência, Clemência, assim conservavas tu a honra da nossa família? Mas o senhor pretendia casar-se com minha filha?

NEGREIRO – Sim senhor, e creio que não sou um mau partido; porém já desisto, em suma, e... Caluda, caluda!

## Cena 24

Entra Clemência muito bem vestida.

ALBERTO, *na janela* – Minha mulher Clemência!

NEGREIRO, *na janela* – Fique quieto.

CLEMÊNCIA, *assentando-se* – Ai, já tarda... Este vestido me vai bem... Estou com meus receios... Tenho a cabeça ardendo de alguns cabelos brancos que arranquei... Não sei o que sinto; tenho assim umas lembranças de meu defunto... É verdade que já estava velho.

NEGREIRO, *na janela* – Olhe, chama-o de defunto e velho!

CLEMÊNCIA – Sobem as escadas! *(Levanta-se.)*

NEGREIRO – Que petisco para o marido! E casai-vos!

CLEMÊNCIA – É ele!

## Cena 25

Entra Gainer.

GAINER, *entrando* – Dá licença? Sua criado... Muito obrigada.

NEGREIRO, *na janela* – Não há de quê.

CLEMÊNCIA, *confusa* – O senhor... eu supunha... porém... eu... Não quer se assentar? *(Assentam-se.)*

GAINER – Eu recebe uma carta para vir trata de uma negócia.

CLEMÊNCIA – Fiada em sua bondade...

GAINER – Oh, meu bondade... obrigada.

CLEMÊNCIA – O sr. *Mister* bem sabe que... *(À parte:)* Não sei o que lhe diga.

GAINER – O que é que eu sabe?

CLEMÊNCIA – Talvez que não ignore que pela sentida morte de meu defunto... *(Finge que chora.)* fiquei senhora de uma boa fortuna.

GAINER – Boa fortuna é bom.

CLEMÊNCIA – Logo que estive certa de sua morte, fiz inventário, porque me ficavam duas filhas menores; assim me aconselhou um doutor de São Paulo. Continuei por minha conta com o negócio do defunto; porém o sr. *mister* bem sabe que numa casa sem homem tudo vai para trás. Os caixeiros mangam, os corretores roubam; enfim, se isto durar mais tempo, dou-me por quebrada.

GAINER – Este é mau, quebrada é mau.

CLEMÊNCIA – Se eu tivesse porém uma pessoa hábil e diligente que se pusesse à testa de minha casa, estou bem certa que ela tomaria outro rumo.

Gainer – *It is true.*

Clemência – Eu podia, como muitas pessoas me têm aconselhado, tomar um administrador, mas temo muito dar esse passo; o mundo havia ter logo que dizer, e minha reputação antes de tudo.

Gainer – *Reputation, yes.*

Clemência – E além disso tenho uma filha já mulher. Assim, o único remédio que me resta é casar.

Gainer – Oh, *yes!* Casar *miss* Mariquinha, depois tem uma genra para toma conta na casa.

Clemência – Não é isto o que eu lhe digo!

Gainer – Então mi não entende português.

Clemência – Assim me parece. Digo que é preciso que eu, eu me case.

Gainer, *levantando-se* – Oh, *by God! By God!*

Clemência, *levantando-se* – De que se espanta? Estou eu tão velha, que não possa casar?

Gainer – Mi não diz isto... Eu pensa na home que será sua marido.

Clemência, à parte – Bom... *(Para Gainer:)* A única coisa que me embaraça é a escolha. Eu... *(À parte:)* Não sei como dizer-lhe... *(Para Gainer:)* As boas qualidades... *(Gainer, que já entendeu a intenção de Clemência, esfrega, à parte, as mãos de contente. Clemência, continuando:)* Há muito que o conheço, e eu... sim... não se pode... o estado deve ser considerado, e... ora... Por que hei de eu ter vergonha de o dizer?... Sr. Gainer, eu o tenho escolhido para meu marido; se o há de ser de minha filha, seja meu...

Gainer – Mim aceita, mim aceita!

## Cena 26

Alberto sai da janela com Negreiro e agarra Gainer pela garganta.

CLEMÊNCIA – O defunto, o defunto! *(Vai cair desmaiada no sofá, afastando as cadeiras que acha no caminho.)*

GAINER – *Goddam!* Assassina!

ALBERTO, *lutando* – Tu é que me assassinas!

GAINER – Ladrão!

NEGREIRO – Toma lá, inglesinho! *(Dá-lhe por trás.)*

ALBERTO, *lutando* – Tu e aquele infame...

## Cena 27

Entra Mariquinha e Júlia.

MARIQUINHA – O que é isto? Meu pai! Minha mãe! *(Corre para junto de Clemência.)* Minha mãe! *(Alberto é ajudado por Negreiro, que trança a perna em Gainer e lança-o no chão. Negreiro fica a cavalo em Gainer, dando e descompondo. Alberto vai para Clemência.)*

ALBERTO – Mulher infiel! Em dois anos de tudo te esqueceste! Ainda não tinhas certeza de minha morte e já te entregavas a outrem? Adeus, e nunca mais te verei.

*(Quer sair, Mariquinha lança-se a seus pés.)*

MARIQUINHA – Meu pai, meu pai!

ALBERTO – Deixa-me, deixa-me! Adeus! *(Vai sair arrebatadamente; Clemência levanta a cabeça e implora a Alberto, que ao chegar à porta encontra-se com*

*Felício. Negreiro e Gainer neste tempo levantam-se.)*

FELÍCIO – Que vejo? Meu tio! Sois vós? *(Travando-o pelo braço, o conduz para a frente do teatro.)*

ALBERTO – Sim, é teu tio, que veio encontrar sua casa perdida e sua mulher infiel!

GAINER – Seu mulher! Tudo está perdida!

ALBERTO – Fujamos desta casa! *(Vai a sair apressado.)*

FELÍCIO, *indo atrás* – Senhor! Meu tio! *(Quando Alberto chega à porta, ouve-se cantar dentro.)*

UMA VOZ, *dentro, cantando* –

> O de casa, nobre gente,
> Escutai e ouvireis,
> Que da parte do Oriente
> São chegados os três Reis.

ALBERTO, *para à porta* – Oh! *(Continuam a representar enquanto dentro cantam.)*

FELÍCIO, *segurando-o* – Assim quereis abandonar-nos, meu tio?

MARIQUINHA, *indo para Alberto* – Meu pai!...

FELÍCIO, *conduzindo-o para a frente* – Que será de vossa mulher e de vossas filhas? Abandonadas por vós, todos as desprezarão... Que horrível futuro para vossas inocentes filhas! Esta gente que não tarda a entrar espalhará por toda a cidade a notícia do seu desamparo.

MARIQUINHA – Assim nos desprezais?

JÚLIA, *abrindo os braços como para abraçá-lo* – Papá, papá!

FELÍCIO – Vede-as, vede-as!

ALBERTO, *comovido* – Minhas filhas! *(Abraça-as com transporte.)*

GAINER – Mim perde muito com este... E vai embora!

NEGREIRO – Aonde vai? *(Quer segurá-lo; Gainer dá-lhe um soco que o lança no chão, deixando a aba da casaca na mão de Negreiro. Clemência, vendo Alberto abraçar as filhas, levanta-se e caminha para ele.)*

CLEMÊNCIA, *humilde* – Alberto!

ALBERTO – Mulher, agradece às tuas filhas... estás perdoada... Longe de minha vista este infame. Onde está ele?

NEGREIRO – Foi-se, mas, em suma, deixou penhor.

ALBERTO – Que nunca mais me apareça! *(Para Mariquinha e Felício:)* Tudo ouvi junto com aquele senhor, *(aponta para Negreiro)* e vossa honra exige que de hoje a oito dias estejais casados.

FELÍCIO – Feliz de mim!

NEGREIRO – Em suma, fiquei mamado e sem o dote...

## Cena 28

Entram dois moços vestidos de jaqueta e calças brancas.

UM DOS MOÇOS – Em nome de meus companheiros pedimos à senhora dona Clemência a permissão de cantarmos os Reis em sua casa.

CLEMÊNCIA – Pois não, com muito gosto.

O MOÇO – A comissão agradece. *(Saem os dois.)*

FELÍCIO, *para Alberto* – Morro de impaciência por saber como pôde meu tio escapar das mãos dos rebeldes para nos fazer tão felizes.

ALBERTO – Satisfarei com vagar a tua impaciência.

*Os dois ou O inglês maquinista*

## Cena 29

Entram os moços e moças que vêm cantar os Reis; alguns deles, tocando diferentes instrumentos, precedem o rancho. Cumprimentam quando entram.

O MOÇO – Vamos a esta, rapaziada!

UM MOÇO E UMA MOÇA, *cantando:*

>*(Solo)*
>No céu brilhava uma estrela,
>Que a três Magos conduzia
>Para o berço onde nascera
>Nosso Conforto e Alegria.
>
>*(Coro)*
>Ó de casa, nobre gente,
>Acordai e ouvireis,
>Que da parte do Oriente
>São chegados os três Reis.
>
>(*Ritornelo*)
>
>*(Solo)*
>Puros votos de amizade,
>Boas-festas e bons Reis
>Em nome do Rei nascido
>Vos pedimos que aceiteis.
>
>*(Coro)*
>Ó de casa, nobre gente,
>Acordai e ouvireis,
>Que da parte do Oriente
>São chegados os três Reis.

TODOS DA CASA – Muito bem!

CLEMÊNCIA – Felício, convida às senhoras e senhores para tomarem algum refresco.

FELÍCIO – Queiram ter a bondade de entrar, que muito nos obsequiarão.

OS DO RANCHO – Pois não, pois não! Com muito gosto.

CLEMÊNCIA – Queiram entrar. *(Clemência e os da casa caminham para dentro e o rancho os segue tocando uma alegre marcha, e desce o pano.)*

## FIM

# SOBRE O AUTOR

Martins Pena nasceu no Rio de Janeiro (RJ), em 5 de novembro de 1815, e faleceu em Lisboa, Portugal, em 1848, aos 33 anos. Frequentou a Academia de Belas Artes, onde estudou arquitetura, desenho, música e estatuária. Em 1838, entrou para o Ministério dos Negócios Estrangeiros, onde exerceu diversos cargos até chegar ao posto de adido à Legação do Brasil em Londres, Inglaterra.

Sua maior contribuição à literatura brasileira foi como dramaturgo, fundador da comédia de costumes. Desde *O juiz de paz da roça*, comédia em um ato, representada pela primeira vez em 1838, até *A barriga de meu tio*, comédia burlesca em três atos, representada em 1846, escreveu mais de 20 peças. Dotado de singular veia cômica, criou comédias e farsas que encontraram, na metade do século 19, um ambiente receptivo que favoreceu a sua popularidade. Sua obra envolve sobretudo a gente da roça e o povo comum das cidades. Sua galeria de tipos, constituindo um retrato realista do Brasil da época, compreende funcionários, juízes, malandros, estrangeiros, falsos cultos e profissionais da intriga social, em torno de casos de família, casamentos, heranças, dotes, dívidas, festas da roça e das cidades.

Martins Pena imprimiu ao teatro brasileiro o cunho nacional, apontando os rumos e a tradição a serem explorados pelos dramaturgos que se seguiriam.

# PEÇAS DE MARTINS PENA

*O juiz de paz da roça*, comédia em um ato (1838 – representação[1]);

*A família e a festa na roça*, comédia em um ato (1840 – representação);

*Vitiza ou O Nero de Espanha* (1841);

*O judas no sábado de aleluia*, comédia em um ato (1844 – representação);

*O namorador ou A noite de São João*, comédia em um ato (1845);

*Os três médicos* (1845);

*A barriga de meu tio* (1846);

*Os ciúmes de um pedestre ou O terrível capitão do mato* (1846);

*As desgraças de uma criança* (1846);

*O diletante* (1846);

*Os meirinhos* (1846);

*Um segredo de Estado* (1846);

*O caixeiro da taverna* (1847);

*Os irmãos das almas* (1847);

*Quem casa quer casa* (1847);

*O noviço*, comédia em 3 atos (1853);

*Os dois ou O inglês maquinista* (1871).

---

1  As datas referem-se à primeira representação ou à publicação.

Impresso em São Paulo pela IBEP Gráfica.